THE HUMMINGBIRD
SINGS AND DANCES
LATIN AMERICAN LULLABIES AND NURSERY RHYMES

MUSICAL SELECTION AND ILLUSTRATIONS BY MARIANA RUIZ JOHNSON
RECORDINGS BY GRUPO CÁNTARO

1 Canciones del colibrí
(Songs of the Hummingbird)

ARGENTINA

Se trajo sobre las alas
canciones mi colibrí
que tienen aroma a lima, albahaca,
café y maíz.

On his wings, my little hummingbird
has borne beautiful songs
with a scent of lime, basil,
coffee and corn.

2 Arbolito de naranja
(Little Orange Tree)

ECUADOR

Arbolito de naranja,
peinecito de marfil
de la niña más bonita
del Colegio Guayaquil.

Little orange tree,
little ivory comb
of the prettiest girl
at Guayaquil college.

3 Los esqueletos (Skeletons)

COSTA RICA

Cuando el reloj marca las tres
tres esqueletos se vuelven al revés.
Tumba, que tumba, que tumba, tumba, tumba.

When the clock strikes three,
three skeletons turn upside down.
Tumble and tumble and tumble down.

4 Flores de mimé
(Tender Flowers)

HONDURAS

A la orilla del río, verbena de Maromé,
flores de mimé tengo sembrado,
azafrán y canela, verbena de Maromé,
flores de mimé, pimienta y clavo.

By the river, verbena from Maromé,
I planted tender flowers,
saffron and cinnamon, verbena from Maromé,
tender flowers, pepper and cloves.

5 El gallito (The Little Rooster)

GUATEMALA

Hay tres noches que no duermo,	For three days, I haven't slept,
al pensar en mi gallito.	I can't stop thinking of my little rooster.
Pobrecito, se ha perdido,	Poor little rooster, he's lost,
y no se dónde estará.	and I don't know where he went.

6 Déjala que se vaya
(Let Her Go)

BOLIVIA

Que se vaya esa paloma,	Let her go, this dove
que no quiere estar conmigo.	who does not wish to be with me.
Que se vaya esa paloma,	Let her go, this dove
que ya no quiere mi abrigo.	who does not wish to share my roof.

7 La familia Cucharón
(The Ladle Family)

PERÚ

Mi papá Tenedor,
mi mamá Cuchara
y yo soy Cuchillito
de comida rara.

My Father is the Fork,
my Mother is the Spoon,
and I am the Little Knife
of exotic dishes.

8 Caballito blanco
(Little White Horse)

CHILE

Caballito blanco
llévame de aquí,
llévame a mi pueblo,
donde yo nací.

Little white horse,
take me away,
take me to the village
where I was born.

9 Arepitas
(Little Arepas)

VENEZUELA

Arepitas de manteca
pa mamá que da la teta.
Arepitas de cebada
pa papá que no da nada.
Arepitas de maíz
pal bebé que está feliz.

Little lard arepas
for a nursing mamma.
Little barley arepas
for papa who has nothing to give!
Little corn arepas
for a happy baby.

10 Rana Cucú
(Cuckoo the Frog)

COLOMBIA

Cucú, cucú cantaba la rana.	Cuckoo, cuckoo, sings the frog.
Cucú, cucú pasó un marinero.	Cuckoo, cuckoo, a sailor passes by.
Cucú, cucú vendiendo romero.	Cuckoo, cuckoo, selling rosemary.
Cucú, cucú le pidió un ramito.	Cuckoo, cuckoo, the frog asks for a sprig
Cucú, cucú no le quiso dar.	Cuckoo, cuckoo, but the sailor says no.
Cucú, cucú se puso a llorar.	Cuckoo, cuckoo, so the frog starts to cry.

11 Té, chocolate, café
(Tea, Chocolate and Coffee)

URUGUAY

No se enoje, don José,
que mañana le traeré
una taza de café
con pan francés,
amasado con los pies
en el año treinta y tres.

Don't get angry, don José,
for tomorrow, you will see
I will bring you a cup of coffee
with French bread
that I kneaded with my feet
in the year thirty-three.

12 Duerme negrito
(Sleep, My Sweet One)

CUBA

Duerme, duerme, mobila
que tu mama está en el campo, mobila.
Te va traer codornices para ti,
te va a traer rica fruta para ti,
te va a traer carne de cerdo para ti,
Te va a traer muchas cosas para ti.

Sleep, sleep, my sweet one,
your mamma's in the fields, my sweet one.
She'll bring you some quails,
she'll bring you tasty fruit,
she'll bring you some pork,
she'll bring you lots of things.

13 Zapatico de charol
(Shiny Little Leather Shoes)

REPÚBLICA DOMINICANA / DOMINICAN REPUBLIC

Zapatico de charol,
mediecitas de color.
Hay de uvas, hay de menta,
pa la niña más hermosa
que se llama doña Rosa
y le dicen Mariposa.

Shiny little leather shoes,
colourful, little socks.
Grape or mint flavoured,
for the prettiest little girl
whose name is Rosa
but they call her Mariposa.

14 Naranja dulce
(Sweet Orange)

PUERTO RICO

Naranja dulce,
limón partido,
dame un abrazo
que yo te pido.

Sweet orange,
sliced lemon too;
Give me the kiss
that I ask of you.

15 Arroz con leche
(Rice Pudding)

MÉXICO

Arroz con leche,
me quiero casar
con una señorita
de la capital,
que sepa coser,
que sepa bordar,
que sepa abrir la puerta
para ir a jugar.

Rice pudding,
I want to marry
a young lady
from the city
who knows how to sew,
knows how to embroider,
knows how to open the door
to go out and play.

16 La víbora de la mar
(The Sea Serpent)

MÉXICO

Campanita de oro,
déjame pasar
con todos mis hijos
menos el de atrás, tras.
Será melón, será sandía,
será la vieja del otro día.

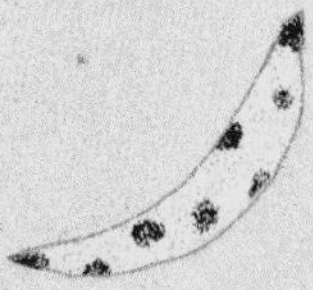

Golden bell,
let me pass
with all my little ones
except the last, behind.
It will be the melon or the watermelon,
it will be the old lady from the other day.

17 Las estrellitas
(Little Stars)

EL SALVADOR

La maestra luna dicta la lección,
y las estrellitas ponen atención.
Una nube negra es el pizarrón,
un trozo de viento es el borrador:
déjelo que borre y se porte mejor.

The little stars pay close heed
to the moon, as the class she leads.
The board is made of a black cloud,
a breath of wind will wipe it out:
let it erase all the rest,
it will then be at its best.

18 Los pollitos
(Little Chicks)

ARGENTINA

Los pollitos dicen
pío, pío, pío,
cuando tienen hambre,
cuando tienen frío.

The little chicks cry
cheep, cheep, cheep,
when they're hungry,
when they're cold.

19 A la rorro niño
(Sleep, Baby)

MÉXICO

A la rorro niño, a la rorro ya.
Duérmase mi niño, duérmaseme ya.
Este niño lindo que nació de día,
quiere que lo lleven a comer sandía.
Este niño lindo que nació de noche,
quiere que lo lleven a pasear en coche.

Sleep, my baby, it's time to sleep.
Sleep, my baby, go to sleep now.
This pretty baby was born in the morning;
he wants to go eat a watermelon.
This pretty baby was born at night;
he wants to go for a ride in the car.

LATIN AMERICA

1 Canciones del colibrí (Songs of the Hummingbird)

ARGENTINA

Bienvenidos a mi casa,
pasen todos al jardín,
en la hierba perfumada
baila y canta el colibrí.

Su plumaje es de colores,
canela, mango y ají,
conoce tierras lejanas
y mares de aquí y de allí.

Se trajo sobre las alas
canciones mi colibrí
que tienen aroma a lima, albahaca,
café y maíz.

Welcome to my home,
come into the garden, everyone,
the hummingbird is singing and dancing
in the fragrant grass.

His feathers are the colour
of cinnamon, mango and aji,
he has visited distant lands
and seas both far and near.

On his wings, my little hummingbird
has borne beautiful songs
with a scent of lime, basil,
coffee and corn.

Ají A very hot type of chili pepper.

2 Arbolito de naranja (Little Orange Tree)

ECUADOR

Arbolito de naranja,
peinecito de marfil
de la niña más bonita
del Colegio Guayaquil.

La Chanita y la Juanita
fueron a cortar limones,
encontraron seco el árbol
y se dieron topetones.

La Chanita y la Juanita
fueron a cortar limones,
A buscar lo que han perdido
Debajo del arrayán.
¡Árbol seco, árbol seco!

Little orange tree,
little ivory comb
of the prettiest girl
at Guayaquil college.

Chanita and Juanita
have gone to pick lemons,
they found a dried-out tree
and hit their heads.

Chanita and Juanita
have gone to pick lemons,
to find what they lost
under the myrtle tree.
Dried-out tree, dried-out tree!

Ivory   A hard substance of which elephant tusks are made.
Guayaquil A city in Ecuador.

3 Los esqueletos (Skeletons)

COSTA RICA

Cuando el reloj marca la una,
los esqueletos salen de su tumba.
Tumba, que tumba, que tumba, tumba, tumba.

Cuando el reloj marca las dos,
dos esqueletos comen arroz.
Tumba, que tumba, que tumba, tumba, tumba.

Cuando el reloj marca las tres,
tres esqueletos se vuelven al revés.
Tumba, que tumba, que tumba, tumba, tumba.

Cuando el reloj marca las cuatro,
cuatro esqueletos van al teatro.
Tumba, que tumba, que tumba, tumba, tumba.

Cuando el reloj marca las cinco,
Cinco esqueletos pegan un brinco.
Tumba, que tumba, que tumba, tumba, tumba.

Cuando el reloj marca las seis,
seis esqueletos juegan ajedrez.
Tumba, que tumba, que tumba, tumba, tumba.

Cuando el reloj marca las siete,
siete esqueletos se montan en cohete.
Tumba, que tumba, que tumba, tumba, tumba.

Cuando el reloj marca las ocho,
ocho esqueletos se comen un bizcocho.
Tumba, que tumba, que tumba, tumba, tumba.

Cuando el reloj marca las nueve,
ocho esquelitos, todos se mueven.
Tumba, que tumba, que tumba, tumba, tumba.

Cuando el reloj marca las diez,
diez esqueletos cuentan en inglés:
one, two, three, four, five, six, seven, eight, nine, ten.
Tumba, que tumba, que tumba, tumba, tumba.

Cuando el reloj marca las once,
once esqueletos se suben a su coche.
Tumba, que tumba, que tumba, tumba, tumba.

Cuando el reloj marca las doce,
doce esqueletos pasean en su coche.
Tumba, que tumba, que tumba, tumba, tumba.

Cuando el reloj marca la una,
los esqueletos regresan a sus tumbas.
Tumba, que tumba, que tumba, tumba, tumba.

When the clock strikes one,
skeletons rise from the tomb.
Tumble and tumble and tumble down.

When the clock strikes two,
two skeletons eat rice.
Tumble and tumble and tumble down.

When the clock strikes three,
three skeletons turn upside down.
Tumble and tumble and tumble down.

When the clock strikes four,
four skeletons go to a show.
Tumble and tumble and tumble down.

When the clock strikes five,
five skeletons jump about.
Tumble and tumble and tumble down.

When the clock strikes six,
six skeletons play chess.
Tumble and tumble and tumble down.

When the clock strikes seven,
seven skeletons blast off.
Tumble and tumble and tumble down.

When the clock strikes eight,
eight skeletons eat cake.
Tumble and tumble and tumble down.

When the clock strikes nine,
nine skeletons start to shake.
Tumble and tumble and tumble down.

When the clock strikes ten,
ten skeletons count aloud:
one, two, three, four, five, six, seven, eight, nine, ten!
Tumble and tumble and tumble down.

When the clock strikes eleven,
eleven skeletons get in the car.
Tumble and tumble and tumble down.

When the clock strikes noon,
twelve skeletons go for a ride.
Tumble and tumble and tumble down.

When the clock strikes one,
the skeletons go back to the tomb.
Tumble and tumble and tumble down.

4 Flores de mimé (Tender Flowers)

HONDURAS

A la orilla del río, verbena de Maromé,
flores de mimé tengo sembrado,
azafrán y canela, verbena de Maromé,
flores de mimé, pimienta y clavo.

En la falda de la montaña de Maromé,
flores de mimé están sembrando,
un yucal, un cañal y canela de Maromé,
flores de mimé y maíz morado.

Cuando quiero cantarle a mi chata de Maromé,
flores de mimé con mi guitarra,
ensillo mi caballo plateado de Maromé,
flores de mimé y voy montado.

By the river, verbena from Maromé,
I planted tender flowers,
saffron and cinnamon, verbena from Maromé,
tender flowers, pepper and cloves.

On the mountainside of Maromé,
someone planted tender flowers,
a plantation of yucca, sugar cane and cinnamon from Maromé,
tender flowers and blue corn.

When I want to sing to my sweetheart from Maromé,
tender flowers, I take my guitar,
I saddle my silver horse from Maromé,
tender flowers, up I get and off I go.

Verbena	A colourful, festive flower.
Maromé	Pirouettes (a rapid spinning movement).
Tender flowers	Flowers that are soft to the touch and pleasant to caress.
Yucca	The edible root of a plant of the same name.

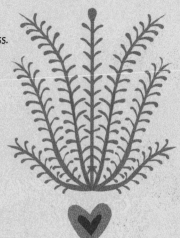

5 El gallito (The Little Rooster)

GUATEMALA

Se ha perdido mi gallito, la, la,
se ha perdido mi gallito, la, la.
Pobrecito, la, la, chiquitito, la, la
y no lo puedo encontrar.

Hay tres noches que no duermo, la, la,
al pensar en mi gallito, la, la.
Pobrecito, la, la, se ha perdido, la, la
y no se dónde estará.

Hay tres noches que no duermo, la, la, la,
al pensar en mi gallito, la, la,
pobrecito, la, la, se ha perdido, la, la
y no sé donde estará.

Tiene las plumas de oro, la, la,
y la cresta colorada, la, la,
mueve el ala, la, la, abre el pico, la, la
y no sé donde estará.

Se ha perdido mi gallito
Se ha perdido mi gallito la, la,
Se ha perdido mi gallito la, la,
pobrecito, la, la, chiquitito, la, la
y no lo puedo encontrar.

Tiene cresta colorada, la, la,
Tiene cresta colorada, la, la,
aletea la, la, aletea la, la
y dice ki ki ri ki.

Tiene plumas amarillas la, la,
Tiene plumas amarillas la, la,
picotea, la, la, picotea, la, la
y dice ki ki ri ki.

Lo he buscado en todas partes la, la,
Lo he buscado en todas partes la, la,
en la Rusia la, la, en Siberia la, la,
en la China y en Japón.

Si lo encuentra la vecina, la, la,
Si lo encuentra la vecina, la, la,
se lo lleva la, la, se lo lleva la, la
y no lo vuelvo a encontrar.

My little rooster is lost, la, la,
he's lost, my little rooster, la, la.
Poor little rooster, la, la, oh so small, la, la
and I can't find him anymore.

For three days, I haven't slept, la, la,
I can't stop thinking of my little rooster, la, la.
Poor little rooster, la, la, he's lost, la, la,
I don't know where he went.

For three days, I haven't slept, la, la,
I can't stop thinking of my little rooster, la, la.
Poor little rooster, la, la, he's lost, la, la,
and I don't know where he went.

He has feathers of gold, la, la,
and a colourful comb, la, la,
he opens his wings, la, la, and his beak, la, la,
and I don't know where he is.

My little rooster is lost,
my little rooster is lost, la, la,
my little rooster is lost, la, la,
my little rooster is lost, la, la,
poor little rooster, la, la, oh so small, la, la
and I can't find him.

He has a colourful comb, la, la,
a colourful comb, la, la,
he beats his wings, la, la, his wings, la, la
and sings cock-a-doodle-doo.

He has yellow feathers, la, la,
yellow feathers, la, la,
he pecks, la, la, he pecks, la, la
and sings cock-a-doodle-doo.

I've looked everywhere for him, la, la,
everywhere I've looked for him, la, la,
in Russia, la, la, in Siberia, la, la,
in China and in Japan.

If the neighbour finds him, la, la,
if she finds him, la, la,
she'll take him, la, la, take him, la, la,
and I'll never see him again.

6 Déjala que se vaya (Let Her Go)

BOLIVIA

Que se vaya esa paloma
que no quiere estar conmigo.
Que se vaya esa paloma
que ya no quiere mi abrigo.

Estará buscando el agua
se secó ya la laguna
en la pampa seguirá buscando
pero no tendrá fortuna.

Llegará hasta el árbol seco
de rama en rama volando
llegará hasta el árbol seco
y a poco se irá cansando.

Las lágrimas de su amado
tendrá que pagar llorando.
Llorando como la lluvia
como el río estará llorando.

Let her go, this dove
who does not wish
to be with me.
Let her go, this dove
who does not wish
to share my roof.

She will seek water
but the lagoon is dry,
she will continue
her quest in the pampa
but it will be in vain.

She will reach the dried-out tree,
flying from branch to branch.
She will reach the dried-out tree,
don't tell me that she'll grow weary.

For the tears of her lover,
she shall pay with her crying.
Crying like the rain,
crying like the river.

Pampa   A vast prairie in Argentina, Uruguay and Brazil with few trees and a temperate climate.

7 La familia Cucharón (The Ladle Family)

PERÚ

Mi papá Tenedor,
mi mamá Cuchara
y yo soy Cuchillito
de comida rara.

Mi abuelo Cucharón,
mi abuela Espumadera
y mi prima querida,
Cuchara de Madera.

Estaba el negrito aquel,
estaba comiendo arroz.
El arroz estaba caliente
y el negrito se quemó.

La culpa la tiene usted,
por lo que sucedió,
por no haberle dado cuchara,
cuchillo ni tenedor.

My Father is the Fork,
my Mother is the Spoon,
and I am the Little Knife
of exotic dishes.

My Grandpa is the Ladle,
my Grandma is the Sieve,
and my favourite cousin
is the Wooden Spoon.

Once there was a sweet child
who ate rice.
The rice was so hot
it burned the child.

What happened
is your fault,
because you didn't give him
a spoon, fork or knife.

8 Caballito blanco (Little White Horse)

CHILE

Caballito blanco
llévame de aquí,
llévame a mi pueblo,
donde yo nací.

Tengo, tengo, tengo,
tú no tienes nada.
Tengo tres ovejas
en una cabaña.

Una me da leche,
otra me da lana,
y otra, mantequilla
para la semana.

Levántate, Juana,
y enciende la vela
para ver quién anda
por la cabecera.

Son los angelitos
que andan de carrera.
Despertando al niño
para ir a la escuela.

Si no quiere ir,
déjalo dormir
con la hierba buena
y el toronjil.

Little white horse,
take me away,
take me to the village
where I was born.

I have much,
you have nothing.
I have three sheep
in a shed.

One gives me milk,
another wool,
the third gives me butter,
the whole week through.

Get up Jane
and light the candle,
to see who's walking
at the head of the bed.

It's cherubs
racing around.
They wake the child,
it's time for school.

If he doesn't want to go,
let him sleep
with the mint
and the lemongrass.

9 Arepitas (Little Arepas)

VENEZUELA

Arepitas de manteca
pa mamá que da la teta.
Arepitas de cebada
pa papá que no da nada.

Arepitas de maíz
pal bebé que está feliz.
Arepitas de manteca
pa mamá que está contenta.

Arepitas de salvado
pa papá que está enojado.
Arepitas de centeno
pal bebé que tiene sueño.

Little lard arepas
for a nursing mamma.
Little barley arepas
for papa who has nothing to give!

Little corn arepas
for a happy baby.
Little lard arepas
for a contended mamma.

Little bran arepas
for an angry papa.
Little rye arepas
for a sleepy baby.

Lard   Pig fat.
Arepa   A small corn flatbread (pancake) filled with meat, beans or cheese, a specialty in Colubmia and Venezuela.

10 Rana Cucú (Cuckoo the Frog)

COLOMBIA

Cucú, cucú cantaba la rana,
cucú, cucú debajo del agua.
Cucú, cucú pasó un caballero,
cucú, cucú con capa y sombrero.
Cucú, cucú pasó una señora,
cucú, cucú con traje de cola.
Cucú, cucú pasó un marinero,
cucú, cucú vendiendo romero.
Cucú, cucú le pidió un ramito,
cucú, cucú no le quiso dar.
Cucú, cucú se puso a llorar.

Cuckoo, cuckoo, sings the frog,
cuckoo, cuckoo, in the rain.
Cuckoo, cuckoo, a man passes by,
cuckoo, cuckoo, in a cape and a hat.
Cuckoo, cuckoo, a woman passes by,
cuckoo, cuckoo, in a long dress.
Cuckoo, cuckoo, a sailor passes by,
cuckoo, cuckoo, selling rosemary.
Cuckoo, cuckoo, the frog asks for a sprig,
cuckoo, cuckoo, but the sailor says no.
Cuckoo, cuckoo, so the frog starts to cry.

11 Té, chocolate, café (Tea, Chocolate and Coffee)

URUGUAY

Ité, chocolate, café!
Para servirle a usté.

No se enoje, don José,
que mañana le traeré
una taza de café
con pan francés,
amasado con los pies
en el año treinta y tres.

Tea, chocolate, coffee!
To serve you.

Don't get angry, don José,
for tomorrow, you will see
I will bring you a cup of coffee
with French bread
that I kneaded with my feet
in the year thirty-three.

12 Duerme negrito (Sleep, My Sweet One)

CUBA

Duerme, duerme, negrito,
que tu mama está en el campo, negrito.
Duerme, duerme, mobila
que tu mama está en el campo, mobila.

Te va traer codornices para ti,
te va a traer rica fruta para ti,
te va a traer carne de cerdo para ti,
Te va a traer muchas cosas para ti.

Y si el negro no se duerme,
viene el diablo blanco.
Y ¡zas!: le come la patita,
¡chacapumba, chacapún!

Duerme, duerme, negrito,
que tu mama está en el campo,
negrito.

Trabajando
Trabajando duramente, (Trabajando sí)
Trabajando e va de luto, (Trabajando sí)
Trabajando e no le pagan, (Trabajando sí)
Trabajando e va tosiendo, (Trabajando sí)

Para el negrito, chiquitito,
para el negrito sí.
Trabajando sí, trabajando sí.

Duerme, duerme, negrito,
que tu mama está en el campo,
negrito, negrito, negrito.

Sleep, sleep, my sweet one,
your mamma's in the fields, my sweet one.
Sleep, sleep, little man,
your mamma's in the fields, little man.

She'll bring you some quails,
she'll bring you tasty fruit,
she'll bring you some pork,
she'll bring you lots of things.

And if you don't go to sleep,
The White Devil will come.
And zap! He'll eat your little leg,
Munch, munch!

Sleep, sleep, my sweet one,
your mamma's in the fields, my sweet one.

Working,
working hard, working, yes,
working and grieving, working, yes,
working without pay, working, yes,
working and coughing, working, yes.

For my baby, so small,
for my baby, yes.
Working, yes, working, yes.

Sleep, sleep, my sweet one,
your mamma's in the fields,
my sweet one.
My baby, my baby, my baby.

13 Zapatico de charol (Shiny Little Leather Shoes)

REPÚBLICA DOMINICANA / DOMINICAN REPUBLIC

Zapatico de charol
mediecitas de color.
Hay de uvas, hay de menta,
pa la niña más hermosa
que se llama doña Rosa
y le dicen Mariposa.

Zapaticos de charol
botellita de licor.
No hay de menta ni de rosa
para mi querida esposa.

El anillo que me diste
fue de vidrio y se rompió.
El amor que me tuviste
fue poquito y se acabó.

Shiny little leather shoes,
colourful, little socks.
Grape or mint flavoured,
for the prettiest little girl
whose name is Rosa
but they call her Mariposa.

Shiny little leather shoes,
tiny bottle of spirits.
But there's no rose or mint
for my tender sweetheart.

The ring you gave me
was made of glass and broke.
The love you gave me
was but small and is gone.

Mariposa **Butterfly**.

14 Naranja dulce (Sweet Orange)

PUERTO RICO

Naranja dulce
limón partido,
dame un abrazo
que yo te pido.

Si fuera falso
tu juramento,
en un momento
te olvidaré.

Toca la marcha,
mi pecho llora,
adiós señora
que ya me voy.

Si acaso muero
en la batalla
tened cuidado
de no llorar.

Toca la marcha,
la marcha toca,
a mi casita
yo ya me voy.

A la cocina
yo voy corriendo
a comer dulces,
y no les doy.

Sweet orange,
sliced lemon too,
give me the kiss
that I ask of you.

If your promise
was insincere,
I'll forget you
now and here.

The march is playing,
my heart is weeping.
Farewell, dear lady,
for I am leaving.

If in battle
I should die,
do be sure
not to cry.

The march is playing,
the march is playing,
I turn towards home
for now I am leaving.

I run straight
to the kitchen
to eat some candies
but there's none for you.

15 Arroz con leche (Rice Pudding)

MÉXICO

Arroz con leche,
me quiero casar
con una señorita
de la capital,
que sepa coser,
que sepa bordar,
que sepa abrir la puerta
para ir a jugar.
Con ésta sí, con ésta no,
con esta señorita me caso yo.

Arroz con leche
Me quiero casar
Con una señorita
de San Nicolás.

Que sepa coser,
que sepa bordar,
que sepa abrir la puerta
para ir a jugar.

Yo soy la viudita
del barrio del Rey.
Me quiero casar
y no sé con quien.

Con ésta sí, con ésta no,
con esta señorita me caso yo.

Rice pudding,
I want to marry
a young lady
from the city
who knows how to sew,
knows how to embroider,
knows how to open the door.
to go out and play.
This one, yes, that one, no,
this young lady is the one I'll wed.

Rice pudding,
I want to marry
a young lady
from St. Nicolas

Who knows how to sew,
knows how to embroider,
knows how to open the door
to go out and play.

I'm the young widow
from King's Quarter,
I want to get married,
but don't know with whom.

This one, yes,
that one, no,
this young lady
is the one I'll wed.

16 La víbora de la mar (The Sea Serpent)

MÉXICO

A la víbora, víbora
de la mar, de la mar,
por aquí pueden pasar.

Los de adelante corren mucho
y los de atrás se quedarán,
tras, tras, tras.

Una mexicana que fruta vendía:
ciruela, chabacano, melón o sandía.

Verbena, verbena, la virgen de la cueva.
Verbena, verbena, jardín de matatena.

Campanita de oro
déjame pasar
con todos mis hijos
menos el de atrás,
tras, tras, tras.

Será melón, será sandía,
será la vieja del otro día, día, día.

Like the serpent, the serpent
of the sea, of the sea,
come through this way.

The first run a lot,
the last stay behind,
behind, behind, behind.

A Mexican lady sold fruit:
plums, apricots, melons or watermelon.

To the fair, to the fair,
the Madonna of the Cave.
To the fair, to the fair,
the garden of matatena.

Golden bell,
let me pass
with all my little ones
except the last,
behind, behind, behind.

It will it be the melon or the watermelon,
it will be the old lady from the other day, day, day.

Serpent   Dance in which the participants form a line and move forward as they dance.
Matatena   A game involving quick, skilful hand movements.

17 Las estrellitas (Little Stars)

EL SALVADOR

Corre, corre niño,
pajarito vuela,
que las estrellitas
ya están en la escuela.

La maestra luna dicta la lección,
y las estrellitas ponen atención.
Una nube negra es el pizarrón,
un trozo de viento es el borrador:
déjelo que borre y se porte mejor.

Una estrella chica se pinta de tiza
y las estrellitas se mueren de risa.
Ja ja ja ja ja, ja je ji jo ju
y las estrellitas encienden su luz.

Run, run, little one,
little bird, fly,
for the little stars
are already in school.

The little stars pay close heed
to the moon, as the class she leads.
The board is made of a black cloud,
a breath of wind will wipe it out:
let it erase all the rest,
it will then be at its best.

One pretty young star uses chalk as make up—
all the little stars laugh so hard they break up,
ha ha ha ha ha, ha he hi ho hi,
then the little stars shine their brightest light.

18 Los pollitos (Little Chicks)

ARGENTINA

Los pollitos dicen
pío, pío, pío,
cuando tienen hambre,
cuando tienen frío.

La gallina busca
el maíz y el trigo.
Les da la comida
y les presta abrigo.

Bajo sus dos alas
acurrucaditos,
hasta el otro día
duermen los pollitos.

Los pollitos dicen,
pío, pío, pío,
cuando tienen hambre,
cuando tienen frío.

La gallina busca
el maíz y el trigo.
Les da la comida
y les presta abrigo.

Bajo sus dos alas
acurrucaditos,
duermen los pollitos
hasta el otro día.

Cuando se levantan
dicen, "Mamacita,
tengo mucha hambre,
dame lombricita".

The little chicks cry
cheep, cheep, cheep,
when they're hungry,
when they're cold.

The hen goes to fetch
corn and wheat.
She feeds them
and keeps them sheltered.

Under her wings,
snuggled up next to her,
the chicks will sleep
until tomorrow.

The little chicks cry
cheep, cheep, cheep,
when they're hungry,
when they're cold.

The hen goes to fetch
corn and wheat.
She feeds them
and keeps them sheltered.

Under her wings,
snuggled up next to her,
the chicks will sleep
until tomorrow.

When they wake,
the chicks chirp: "Little Mamma,
I'm very, very hungry,
give me a small worm."

19 A la rorro niño (Sleep, Baby)

MÉXICO

A la rorro niño
a la rorro ya,
duérmase mi niño
duérmaseme ya.

Este niño lindo
que nació de día,
quiere que lo lleven
a comer sandía.

Este niño lindo
que nació de noche,
quiere que lo lleven
a pasear en coche.

A la rorro niño
a la rorro ya,
duérmase mi niño
duérmaseme ya.

Este niño lindo
que nació de día
quiere que lo lleven
a la dulcería.

Este niño lindo
se quiere dormir,
y el pícaro sueño
no quiere venir.

A la rorro niño
a la rorro ro,
duérmase mi niño
duérmase mi amor.

Sleep, my baby,
it's time to sleep.
Sleep, my baby,
go to sleep now.

This pretty baby
was born in the morning;
he wants to go eat
a watermelon.

This pretty baby
was born at night;
he wants to go
for a ride in the car.

Sleep, my baby,
it's time to sleep.
Sleep, my baby,
go to sleep now.

This pretty baby
was born during the day;
he wants to go
to the candy store.

This pretty baby
finally wants to sleep;
but mischievous sleep,
just will not come.

Sleep, my baby,
sleep, sleep.
Sleep, my baby,
it's time to sleep.

Musical selection and illustrations Mariana Ruiz Johnson ❧ Recordings by Grupo Cántaro (Lorena Gedovius, José Luis González Romero et Juan Gedovius) ❧ Design Stéphan Lorti for Haus Design and Javier Morales Soto ❧ Translation Services d'édition Guy Connolly ❧ All songs in the public domain except Canciones del colibri, words by Mariana Ruiz Johnson, music by Juan Gedovius.

First published in Spanish by Ediciones Castillo, S.A. de C.V., in 2014, as Canciones del colibri – Rimas de America Latina. ❧ Musical selection, texts and illustrations Mariana Ruiz Johnson; ❧ Music Juan Gedovius and Grupo Cántaro.

A unique code for the digital download of all recordings and a printable file of the illustrated lyrics is included with this book-CD. All recordings are also available on several musical streaming platforms.

℗ www.thesecretmountain.com
℗© 2018 The Secret Mountain (Folle Avoine Productions)
ISBN 13: 978-2-924774-20-5 / ISBN 10: 2-924774-20-9